（战国）屈　原 / 著

杨永青 / 绘　　黄晓丹 / 注

清华大学出版社
北　京

图书在版编目（CIP）数据

离骚 ／（战国）屈原著；杨永青绘；黄晓丹注 . ——
北京：清华大学出版社，2019（2025.6重印）
ISBN 978-7-302-52032-0

Ⅰ．①离… Ⅱ．①屈… ②杨… ③黄… Ⅲ．①《离骚》
—注释 Ⅳ．① I222.3
中国版本图书馆 CIP 数据核字（2019）第 008460 号

责任编辑： 张立红
封面设计： 梁　洁
版式设计： 森　林
责任校对： 石成琳
责任印制： 宋　林

出版发行： 清华大学出版社
网　　址：https://www.tup.com.cn, https://www.wqxuetang.com
地　　址：北京清华大学学研大厦 A 座　　邮　　编：100084
社 总 机：010-83470000　　邮　　购：010-62786544
投稿与读者服务：010-62776969, c-service@tup.tsinghua.edu.cn
质 量 反 馈：010-62772015, zhiliang@tup.tsinghua.edu.cn
印 装 者： 涿州市般润文化传播有限公司
经　　销： 全国新华书店
开　　本： 170mm×240mm　　**印　张：** 12.5　　**字　数：** 90 千字
版　　次： 2019 年 7 月第 1 版　　**印　次：** 2025 年 6 月第 10 次印刷
定　　价： 66.00 元

产品编号：077269-02

杨永青　绘

　　杨永青（1928—2011），版画家、国画家、图书插图家。作品被中国美术馆等多家展览馆收藏。曾获全国少年儿童图书评奖美术一等奖、国际安徒生奖提名及中国出版署多种荣誉，获国务院妇女儿童协调委员会有突出贡献的儿童工作者、关心下一代工作委员会先进个人及中国版画家协会"鲁迅奖章"等荣誉称号。

黄晓丹　注

　　黄晓丹，南开大学古代文学博士，加拿大McGill大学东亚系访问学者，师从叶嘉莹先生，现为江南大学副教授，硕士生导师，研究方向是唐宋及清代诗词。主持的科研项目入选教育部人文社会科学青年基金项目，江苏省教育科学"十二五"规划，国家社科基金青年项目。

导　读

　　《离骚》是先秦时期最重要的文学作品之一，它的创作年代离今天大约有 2300 年。以《离骚》为代表的《楚辞》与《诗经》，共同构成了中国文学的"诗骚传统"。从形式上来说，《离骚》除最后的"乱曰"外，四句一节，形成韵散交替的旋律。从内容上来说，《离骚》具有丰富的文学想象，带有楚地早期神话体系的遗留。从东汉王逸开始，《离骚》被赋予了传记性与政治性的解读。直至清末，这种解读都是《离骚》阐释学的主流。

　　新文化运动以后，很多学者都尝试过将《离骚》从文言翻译成现代白话文，其中影响较大的包括姜亮夫、郭沫若、陆侃如的译本，近年的文怀沙、李山译本等。2012 年，从药汀教授出版的《屈原赋辨译·离骚卷》更是对《离骚》的主旨、句义、字词重新作出了详细辨证并予以翻译。这些译本不仅将古文译为今人能懂的语言，更寄予了重新解读《离骚》的愿望。

在已经拥有如此多优秀译本的前提下，为何还要重译此书，原因有三：

首先，白话文也在发展，民国时期的白话译本，有些在今日已觉诘屈聱牙，不符合当代读者，特别是年轻读者的阅读习惯。

其次，对经典而言，不同阐释思想会带来不同的语言表述。这版译本采纳了陈世骧先生在《中国文学的抒情传统》中对《离骚》"时间之焦虑"的主旨界定。

最后，《离骚》包含大量神话和历史人物，一般需要借助注释阅读。不习惯阅读注释的普通读者希望能从译文中直接读懂这些内容。

因为带有"注释""译解"的目的，我采取了三种不同于一般对译的方法。

一、增译。即把原先注释中的内容译进诗句正文。如"名余曰正则兮，字余曰灵均"，译为"名我为平，寓意苍天正平可法，字我为原，效法大地养物均匀"。其中"苍天正平可法"原为"正则"的注释，释屈原之名"平"字，"大地养物均匀"为"灵均"的注释，释屈原之字"原"字。又如"前望舒使先驱兮，后飞廉使奔属"，译为"让望舒驾着月亮车，在前开道，让掌管风云的飞廉在身后奔跑"，即将望舒作为月之驭神与飞廉作为风伯的身份译入。

二、减译。《离骚》因是诗体，有些指代语焉不详，难以确知所指。东汉王逸对这些地方一一指实，故有"故善鸟香草以配忠贞，恶禽臭物以比谗佞，灵脩美人以媲于君，宓妃佚女以譬贤臣，虬龙鸾凤以托君子，飘风云霓以为小人"之说（东汉·王逸《楚辞章句·离骚经序》）。如"进不入以离尤兮，退将复修吾初服"中的"进"本意为"进前"，但在王逸之后的《离骚》阐释传统中一般被敷演为"进前勤王"或"跻身朝廷"等。我在翻译时减少其政治性的敷演，将这句话直译为"我曾执著前行，收获罪疚诽谤"。

三、显译。即将原先句中潜藏的逻辑关系直接翻译出来。如"朝搴阰之木兰兮，夕揽洲之宿莽"，一般翻译为平行关系的"早上采摘山坡上的木兰，傍晚揽取河洲边的宿莽"。但木兰在早春开放，是春的使者；宿莽经冬不凋，是冬日仅剩的植物，这二句之中其实有时节如流、草木零落的无限悲感，因此我翻译为"清晨上山，采摘春初放的木兰，傍晚水边，只剩冬之宿莽能揽取"。

这样的翻译远远谈不上完善，但希望能以此译本抛砖引玉，引起一般读者对《离骚》的兴趣，从而走进中国古典文学的大门。以现代语言重新翻译《离骚》，将其中贴合现代心灵的部分激活是我一直有的愿望，感谢清华大学出版社约我翻译此稿。这项工作虽然辛苦，我却乐在其中。

黄晓丹

2019 年 6 月 4 日

5

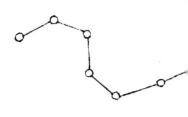

帝高阳之苗裔兮，
朕皇考曰伯庸。
摄提贞于孟陬（zōu）兮，
惟庚寅吾以降。

我是远古大德高阳皇帝的子孙，
辉煌伟大的伯雍是我生身父亲。
天上太岁在寅，地上正月始春，
寅年寅月寅日，正是我的生辰。

皇览揆余初度兮，
肇锡余以嘉名。
名余曰正则兮，
字余曰灵均。

父亲见我的生辰恰逢正阳吉时，
起初为我取下相配的美善名字。
名我为平，寓意苍天正平可法，
字我为原，效法大地养物均匀。

纷吾既有此内美兮，
又重之以修能。
扈（hù）江离与辟芷（pì zhǐ）兮，
纫秋兰以为佩。

我的家世、生辰和名字天生完美，
又怎能不洁身自好，让诸善具备。
蘼芜白芷的芬芳，合当让我披挂。
经秋不凋的兰草，正好结成环佩。

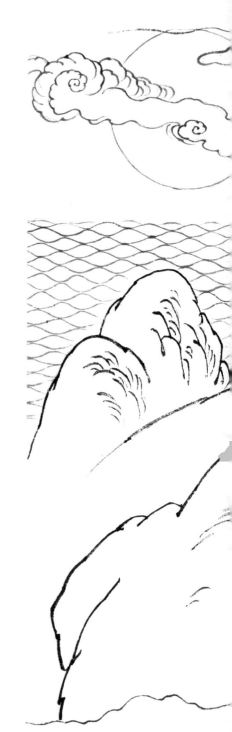

汩（yù）余若将不及兮，
恐年岁之不吾与。
朝搴（qiāna）阰（pí）之木兰兮，
夕揽洲之宿莽。

水与时之流逝，提醒我快来不及，
恐怕我的生命，也早已所剩无几。
清晨上山，采摘春日初放的木兰，
傍晚水边，只剩冬之宿莽能揽取。

日月忽其不淹兮，
春与秋其代序。
惟草木之零落兮，
恐美人之迟暮。

日月疾速过往，光阴绝不迟疑。
春秋代谢有时，一季又是一季。
静静思量，时时刻刻草木凋零，
暗暗惊心，岁岁年年美人老去。

不抚壮而弃秽兮，
何不改乎此度？
乘骐骥以驰骋兮，
来吾道夫先路！

何不趁着盛年弃绝污秽和迷误，
何不去改变这无奈的人生路数，
驾着骏马飞驰，去向心之所向，
请跟我来，我誓愿为后人开路。

昔三后之纯粹兮，
固众芳之所在。
杂申椒与菌桂兮，
岂惟纫夫蕙茝（chǎi）！

禹、汤、文王，最美善的远古，
一切芬芳之物，自然汇聚此处。
椒与桂树间杂，重叠喷射馨香，
何止蕙与白芷，幽香交织吐露。

彼尧、舜之耿介兮，
既遵道而得路。
何桀纣之猖披兮，
夫惟捷径以窘步。

更早以前，尧舜二君正大光明，
他们遵循正道，因此通行无阻。
夏桀和商纣，为什么狂妄糊涂？
以为是捷径，终究却走投无路。

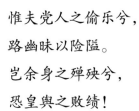

惟夫党人之偷乐兮，
路幽昧以险隘。
岂余身之殚殃兮，
恐皇舆之败绩！

人们躲进人群，只求眼前欢快，
我见前路漫漫，满布幽昧险隘。
我所担心的，难道是自己遭殃？
我怕帝王乘坐的车舆快要毁坏。

忽奔走以先后兮，
及前王之踵武。
荃（quán）不查余之中情兮，
反信谗而齌（jì）怒。

我放脚狂奔，在车舆之后、之前，
想遵循先王足迹，将它引向平安。
我内有赤诚心愿，你却未曾理解，
反而听信谗言，让怒火烧成烈焰。

余固知謇（jiǎn）謇之为患兮，
忍而不能舍也。
指九天以为正兮，
夫惟灵修之故也。

正直总会带来痛苦，我自深知。
我能忍受痛苦，无法舍弃正直。
愿请九天之上洞察万物者为证，
因你神明远见，为你乃至于斯。

初既与余成言兮，
后悔遁而有他。
余既不难夫离别兮，
伤灵修之数化。

还记得当初，你与我盟约初成，
后来你翻悔，将信物转赠他人。
近离还是远别，早已不复在乎，
为你无常品性，我犹黯然伤神。

余既滋兰之九畹(wǎn)兮，
又树蕙之百亩。
畦(qí)留夷与揭车兮，
杂杜衡与芳芷。

我已种下九顷兰，花开就在春日，
又手植蕙草百亩，让它玉立亭亭。
留夷和揭车的香，一垄隔着一垄，
田间地脚的星点，是芳芷与杜衡。

冀枝叶之峻茂兮，
愿俟（sì）时乎吾将刈（yì）。
虽萎绝其亦何伤兮，
哀众芳之芜秽。

一枝一叶，我梦想它茂盛峻拔，
我等待收割的时刻，满怀耐心。
它若干枯败落，我却并不挂怀，
只恐怕世间芳草都已凋萎殆尽。

众皆竞进以贪婪兮，
凭不厌乎求索。
羌内恕己以量人兮，
各兴心而嫉妒。

人群拥挤奔突，追逐钱财食物。
装满口腹行囊，却仍不肯停步。
自甘沉沦，却想世人大抵如此，
不免中心惶恐，时刻互相嫉妒。

忽驰骛（wù）以追逐兮，
非余心之所急。
老冉冉其将至兮，
恐修名之不立。

狼奔豕突，你追我赶，急急慌慌，
我不愿意。这求索不是我心所想。
衰老如同暮色，摇曳着将要到来，
万愿皆逝，只留下对美名的向往。

朝饮木兰之坠露兮，
夕餐秋菊之落英。
苟余情其信姱（kuā）以练要兮，
长顑颔（kǎn hàn）亦何伤。

清晨，我痛饮木兰上滴落的春露，
傍晚却只剩秋菊残瓣，草草果腹。
情感的美与质朴，如果确能保有，
身体日渐消瘦，心中也没有愁苦。

擥（lǎn）木根以结茝兮，
贯薜荔（bì lì）之落蕊。
矫菌桂以纫蕙兮，
索胡绳之纚纚（xǐ）。

我用草茎串起白芷细小的花株，
穿过薜荔的落蕊，将花穗延长。
揉直菌桂枝条，做成蕙草项链，
胡绳编成流苏，更是华贵芳香。

謇吾法夫前修兮，
非世俗之所服。
虽不周于今之人兮，
愿依彭咸之遗则。

这番穿戴，馥郁、高洁、纯美，
攘攘俗世，谁人欣赏古贤风轨。
在此时此地，虽然我绝乎异类，
但投水殉义的彭咸才值得追随。

长太息以掩涕兮，
哀民生之多艰。
余虽好修姱以靰羁（jī jī）兮，
謇朝谇（suì）而夕替。

忍不住的叹息，擦不干的热泪，
面对苦难的人间，我唯有哀悼。
我洁身自好，却因此画地为牢，
清晨献上谏言，傍晚就被罢废。

既替余以蕙纕（xiāng）兮，
又申之以揽茝。
亦余心之所善兮，
虽九死其犹未悔。

佩戴蕙草，原是我被祸的口实，
我却不愿改悔，复又揽结白芷。
追求美善，若为心中认定之事，
我便心甘情愿，何惧永恒之死。

怨灵修之浩荡兮，
终不察夫民心。
众女嫉余之蛾眉兮，
谣诼谓余以善淫。

困惑啊，无可捉摸的至上之君，
你神明远见，为何不体察我心。
她们嫉恨之由，是我蛾眉秀美，
归我淫邪之罪，悄声说给你听。

固时俗之工巧兮，
偭（miǎn）规矩而改错。
背绳墨以追曲兮，
竞周容以为度。

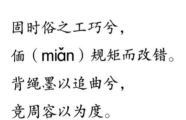

工于心计乃是俗世唯一的法则，
哪有什么持守，只有随风转舵。
匠人丢弃绳墨，曲木将就造屋，
互相讨个欢心就算做人的尺度。

忳(tún)郁邑余侘傺(chà chì)兮,
吾独穷困乎此时也。
宁溘(kè)死以流亡兮,
余不忍为此态也。

我的中心悠悠,我的脚步惶惶,
在这辉煌时代,我却没有快乐。
纵然魂魄飞散,躯体漂逝随波,
我亦不甘心成为你们中的一个。

鸷（zhì）鸟之不群兮，
自前世而固然。
何方圆之能周兮，
夫孰异道而相安？

独往之鸟，凶猛凌厉，从不结群。
自有天地以来，这便是它的命运。
谁能把方嵌入圆弧，迫使它吻合，
谁能选择了异路，却又同向而行。

屈心而抑志兮，
忍尤而攘诟。
伏清白以死直兮，
固前圣之所厚。

然而我忍受心灵和理想的焦灼，
我不辩解，因为邪佞终将毁灭。
一生清白行径，一死付之正义，
这本是古代贤人智慧之所关切。

悔相道之不察兮，
延伫乎吾将反。
回朕车以复路兮，
及行迷之未远。

我追悔那些浪费在歧途的朝暮，
举目茫茫大荒，回首渺渺来路。
调转我的马车，回向出发之地，
趁我还没走远，错误还能弥补。

步余马于兰皋兮，
驰椒丘且焉止息。
进不入以离尤兮，
退将复修吾初服。

随它带我走向开满兰草的河岸，
在山林的芳雾间，奔跑或休憩。
我曾执著前行，收获罪疚诽谤，
回返吧，重拾最初珍美的衣饰。

制芰（jì）荷以为衣兮，
集芙蓉以为裳。
不吾知其亦已兮，
苟余情其信芳。

菱叶和荷叶，精细地缝成上衣，
洁白的荷花，层叠着缀成裙裾。
没有被了解的，不必再被了解，
只要心中见证的美善确非幻境。

高余冠之岌（jí）岌兮，
长余佩之陆离。
芳与泽其杂糅兮，
惟昭质其犹未亏。

修整我的冠冕，让它如崖高耸，
加长我的佩环，让它光彩更盛。
香气与光艳，迷人却不过虚幻，
只有依然纯粹的本质才堪为证。

忽反顾以游目兮，
将往观乎四荒。
佩缤纷其繁饰兮，
芳菲菲其弥章。

回首茫茫世界，哪里可以落眼？
我要去时空尽头的荒凉处观望。
我的佩饰姿采富丽、多色多样，
花香凝聚充满，涌向四面八方。

民生各有所乐兮，
余独好修以为常。
虽体解吾犹未变兮，
岂余心之可惩。

上天养育众生，使其各有所乐，
我恰爱好美善，不觉有何独特。
剖开我的身体，本性亦难更改，
历经屠戮肢解，终究不能悔过。

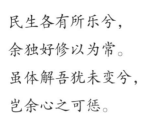

女婆（xū）之婵媛（chán yuán）兮，
申申其詈（lì）予。
曰：鲧婞（xìng）直以亡身兮，
终然夭乎羽之野。

女婆在我身边徘徊，那么不舍，
她缠绵地劝慰，又艾怨地斥责。
她说禹的父亲，刚直不阿的鲧，
就在羽山之野，他曾终然夭遏。

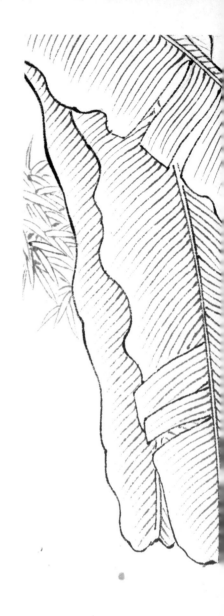

汝何博謇而好修兮，
纷独有此姱节？
薋（cí）菉葹（lù shī）以盈室兮，
判独离而不服。

你为何如此博闻强识，正直自爱，
为何把美好的节操全然显露于外。
满屋尽是苍耳和蒺藜带钩的草籽，
只有你远离，不允许它粘上衣带。

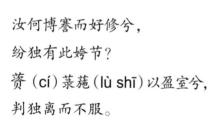

众不可户说兮，
孰云察余之中情？
世并举而好朋兮，
夫何茕（qióng）独而不予听？

千门万户，你如何能一一告解，
谁能夸口懂得你我深挚的内心。
大家互相观望，都是人云亦云，
为何你不听劝，总要特立独行。

依前圣以节中兮，
喟凭心而历兹。
济沅湘以南征兮，
就重（chóng）华而陈辞。

我用圣人之教抵御心灵的动荡，
也感慨，这持守使我历尽艰辛。
向南行，渡过沅水又渡过湘水，
为把心声吐露，我要将舜找寻。

启《九辩》与《九歌》兮，
夏康娱以自纵。
不顾难以图后兮，
五子用失乎家巷。

启继禹志，万物有序可辩可歌，
继任者康，却只顾得纵情欢乐。
闭目人间苦难，岂管后世如何，
兄弟流落陋巷，社稷付诸亡国。

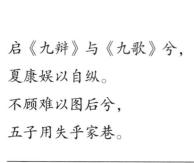

羿淫游以佚畋（yì tián）兮，
又好射夫封狐。
固乱流其鲜终兮，
浞（zhuó）又贪夫厥家。

有穷国君羿，乃纵情游猎之徒，
使其狂喜的，是射杀善奔大狐。
这样伤天害理，当然不得善终，
寒浞因之篡逆，得到他的妻孥。

浇身被服强圉（yǔ）兮，
纵欲而不忍。
日康娱而自忘兮，
厥首用夫颠陨。

舜妻与浇生浇，倒是孔武有力，
他也从不忍耐，总是放纵情欲。
镇日寻欢作乐，不知何为罪疚，
复仇之时一到，脑袋颠倒落地。

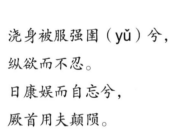

夏桀之常违兮，
乃遂焉而逢殃。
后辛之菹醢（zū hǎi）兮，
殷宗用而不长。

夏桀也是上背天道、下逆人理，
到头诛灭于汤，算是咎由自取。
忠良谏言纣王，却被做成肉酱，
天惩之时一到，殷室沦亡已矣。

汤禹俨而祗（zhī）敬兮，
周论道而莫差。
举贤才而授能兮，
循绳墨而不颇。

商汤和夏禹敬畏天命，严于律己，
文王和武王毫厘不差，遵守道义。
他们把贤能之人放上应有的位置，
遵守先圣的法度，从来不会迟疑。

皇天无私阿兮，
览民德焉错辅。
夫维圣哲以茂行兮，
苟得用此下土。

我们头上的皇天均匀地笼罩万物，
他冷静审视，捡取有德者来帮助。
谁窥见了真理，或亲自行出正义，
才能被赋予重任，掌管茫茫下土。

瞻前而顾后兮，
相观民之计极。
夫孰非义而可用兮？
孰非善而可服？

纵观朝代更替、王室兴衰的历史，
在人们身上，我看见开端与结束。
谁能不敦行仁义，却能放心任用，
谁能背弃了善道，而使人民信服。

阽（diàn）余身而危死兮，
览余初其犹未悔。
不量凿而正枘（ruì）兮，
固前修以菹醢。

身临悬崖，我离死亡如此之近，
回顾当初，我仍没有任何悔恨。
我固有的形态，不因境遇更改，
哪怕前代贤人因此殒身于利刃。

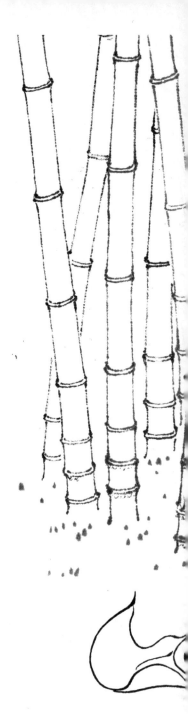

曾歔欷（xū xī）余郁邑兮，
哀朕时之不当。
揽茹蕙以掩涕兮，
沾余襟之浪浪。

_____

我声音哽咽，忍不住流下泪来，
生活在这时代，怎能不觉悲哀。
拾起柔软蕙草，遮住流泪的脸，
可滚滚的热泪还是在衣襟渗开。

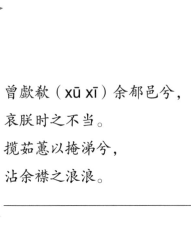

跪敷衽（rèn）以陈辞兮，
耿吾既得此中正。
驷（sì）玉虬以乘鹥（yī）兮，
溘埃风余上征。

———————————————

铺展衣襟，就此我要向上天祝祷，
我心中有光，其实我已寻到正道。
玉龙和凤凰腾起，化作我的车骑，
倏忽间，风尘飞卷，我飘举上扬。

朝发轫于苍梧兮，
夕余至乎县圃。
欲少留此灵琐兮，
日忽忽其将暮。

清晨，我的车在南方苍梧山上路，
傍晚，已落脚在西北昆仑的县圃。
我想在神灵青色的门前稍作逗留，
可红日沉沉，将要进入世界之暮。

吾令羲和弭（mǐ）节兮，
望崦嵫（yān zī）而勿迫。
路漫漫其修远兮，
吾将上下而求索。

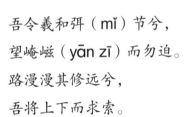

我命令太阳的驾车者为我留驻，
望见日落的崦嵫，就放慢脚步。
长路漫漫，要比遥远更加遥远，
为了求索，我愿行遍人天处处。

饮余马于咸池兮，
总余辔乎扶桑。
折若木以拂日兮，
聊逍遥以相羊。

在太阳沐浴的咸池，放马饮水，
在日出之地扶桑，把缰绳系上。
日落的光影，折一枝若木遮挡，
让我在时间中逗留，尽情徜徉。

前望舒使先驱兮，
后飞廉使奔属。
鸾皇为余先戒兮，
雷师告余以未具。

让望舒驾着月亮车，在前开道，
让掌管风云的飞廉在身后奔跑。
还要叫灵鸟和凤雏向诸神通报，
雷师却回答，一切都没准备好。

吾令凤鸟飞腾兮，
继之以日夜。
飘风屯其相离兮，
帅云霓而来御。

我命令凤凰展翅，驾驶长风而行，
赶在时间之前，跨越日夜的边境。
风旋召集着其它，向我翻涌汇聚，
率领云霓，严阵以待，等我降临。

纷总总其离合兮，
斑陆离其上下。
吾令帝阍（hūn）开关兮，
倚阊阖（chāng hé）而望予。

聚集而又聚集，溃散而又溃散，
运转纷繁的颜色，炫目的光灿。
命令天国之守，为我打开大门，
他却斜倚天门，对我懒懒观看。

时暧（ài）暧其将罢兮，
结幽兰而延伫。
世溷（hùn）浊而不分兮，
好蔽美而嫉妒。

时间之光变得黯淡，快要沉熄，
我紧握幽兰，长立，不舍离去。
世界如同浑沌，清浊不可辨分，
在嫉妒的眼中，美注定被遮蔽。

朝吾将济于白水兮，
登阆（làng）风而绁（xiè）马。
忽反顾以流涕兮，
哀高丘之无女。

涉过昆仑的白水，是下个清晨，
到达阆风山顶，才肯系马暂停。
当我猛然回头，不禁涕泪如雨。
哀恸天国之高，却无神女形影。

溘吾游此春宫兮，
折琼枝以继佩。
及荣华之未落兮，
相下女之可诒（yí）。

奄忽，我巡游在东方春神的花园，
折取玉树枝干，与我的环佩相连。
趁瑶花还没凋落，颜色还未更改，
考量世间女子，持此堪赠予谁前？

吾令丰隆乘云兮，
求宓（fú）妃之所在。
解佩纕以结言兮，
吾令蹇（jiǎn）修以为理。

我让丰隆唤起惊雷，腾起云雾，
送我到洛水，寻找宓妃的住处。
解下兰佩，带去我坚贞的誓言，
让善辩的蹇修把我的衷情倾诉。

纷总总其离合兮，
忽纬繣（wěi huà）其难迁。
夕归次于穷石兮，
朝濯发乎洧（wěi）盘。

似愿与我相见，又似不愿相见，
她的性情固执，脸色说变就变。
夜间她留宿在后羿所居的穷石，
清晨洗濯秀发，又在洧盘水畔。

保厥美以骄傲兮，
日康娱以淫游。
虽信美而无礼兮，
来违弃而改求。

她知道，靠美就可以睥睨众生，
寻乐日复一日，冶游春复一春。
这信然是美，但美中没有礼法，
我将转身离去，再向别处启程。

览相观于四极兮，
周流乎天余乃下。
望瑶台之偃蹇兮，
见有娀（sōng）之佚女。

我放眼观览，望向四方极远之地，
走遍时空每个角落，才调转车骑。
我看见美玉铸成瑶台，卓然高耸，
台中美人幽处，有是娀氏的简狄。

吾令鸩（zhèn）为媒兮，
鸩告余以不好。
雄鸠之鸣逝兮，
余犹恶其佻巧。

我吩咐鸩鸟，为我把书信传递，
鸩鸟去而复返，带来悲伤消息。
雄鸠唱个不停，算是善于言辞，
要是请它做媒，却嫌轻佻伶俐。

心犹豫而狐疑兮，

欲自适而不可。

凤皇既受诒兮，

恐高辛之先我。

————————————————

我的心忐忐忑忑，踌躇又迟疑，

想去自行告白，又恐有些失礼。

托付凤凰，为她送去我的请求。

怕高辛氏先行于我，将她求取。

欲远集而无所止兮，
聊浮游以逍遥。
及少康之未家兮，
留有虞之二姚。

向更远吧，恐怕这路途有始无终，
我暂且流浪，逍遥在无尽的时空。
行到夏代，少康帝还没结婚之时，
有虞国内，两位公主还待字闺中。

理弱而媒拙兮，
恐导言之不固。
世溷浊而嫉贤兮，
好蔽美而称恶。

我的媒人笨拙，我的说客寒碜，
恐怕也没办法替我把婚事说成。
世界混浊不清，人们嫉贤妒能，
恶人誉满天下，美德湮没不闻。

闺中既以邃远兮，
哲王又不寤（wù）。
怀朕情而不发兮，
余焉能忍而与此终古？

神女芳香的闺房遥远而又深邃，
神明远虑的帝王还在沉沉昏睡。
我深藏的情愫要到哪里去倾吐，
我怎能忍受，与寂寞盘旋终古。

索琼茅以筳篿（tíng zhuān）兮，
命灵氛为余占之。
曰：两美其必合兮，
孰信修而慕之？

找来奇异的灵草，折些琼茅细竹，
去留之际，让巫师灵氛为我占卜。
她说：美善与美善虽然终将汇聚，
但在这里，有谁将你的品质仰慕？

思九州之博大兮，
岂惟是其有女？
曰：勉远逝而无狐疑兮，
孰求美而释汝？

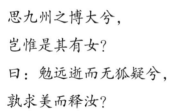

你想那九州茫茫，海天无限宽广，
难道你所求之女，必定只在这里？
她说：走得越远越好，不要迟疑，
谁若是寻求真美，就不会错过你。

何所独无芳草兮，
尔何怀乎故宇？
世幽昧以眩曜（xuàn yào）兮，
孰云察余之善恶？

这世间，哪个角落没有芳草青青，
为什么，你还是不愿意忘记故土。
世界时而幽昧，时而炫目难凝仁，
会有谁呢？为我把善恶分辨清楚。

民好恶其不同兮，
惟此党人其独异！
户服艾以盈腰兮，
谓幽兰其不可佩。

人与人的喜好，纵然各有所别，
但只有这群人，口味卓然独绝。
户户都把难闻的白蒿缠在腰间，
却说芬芳的幽兰并不值得佩结。

览察草木其犹未得兮，
岂珵（chéng）美之能当？
苏粪壤以充帏兮，
谓申椒其不芳。

他们分不清草木的恶臭与馨香，
又怎么能识别美玉独特的光芒。
取来粪土，充填满自己的床帏，
却说闻不到申椒枝叶散发芬芳。

欲从灵氛之吉占兮，
心犹豫而狐疑。
巫咸将夕降兮，
怀椒糈（xǔ）而邀之。

我想听从灵氛鼓舞人心的卦语，
但我的心依然充满犹豫和狐疑。
听说傍晚时分，巫咸将要降临，
为迎接他，我准备申椒和香米。

百神翳其备降兮，
九嶷（yí）缤其并迎。
皇剡（yǎn）剡其扬灵兮，
告余以吉故。

遮天蔽日，所有神灵都降临了
九嶷女神鱼贯而列，裙裾缤纷。
皇天之灵显现，光耀辉煌刺眼，
告诉我听从启示，向吉途启程。

曰：勉升降以上下兮，

求矩矱（jǔ yuē）之所同。

汤禹俨而求合兮，

挚咎繇（gāo yáo）而能调。

他说：你应当勉力去上下求索，

去寻找谁人与你有共同的原则。

商汤和大禹尚且不怕曲高和寡，

伊尹和皋陶才有机会为之辅佐。

苟中情其好修兮，
又何必用夫行媒？
说（yuè）操筑于傅岩兮，
武丁用而不疑。

在你内心深处，如果确乎善美，
又何必到处求托，请他人做媒。
傅说原本是在傅岩筑墙的囚徒，
武丁拜他为相，丝毫没有疑猜。

吕望之鼓刀兮，
遭周文而得举。
宁戚之讴歌兮，
齐桓闻以该辅。

朝歌市中，吕望是鼓刀宰羊之屠，
周文王知其才能，便以太师称呼。
临淄城外，宁戚乃吟歌赶牛之辈，
齐桓公止车而听，遂而举为大夫。

及年岁之未晏兮，
时亦犹其未央。
恐鹈鴂（tí jué）之先鸣兮，
使夫百草为之不芳。

现在就上路吧，趁年岁还不晚，
趁这时节还让人觉得长乐未央。
就怕杜鹃过早啼叫，啼声落下，
春天就要过去，百草不再芬芳。

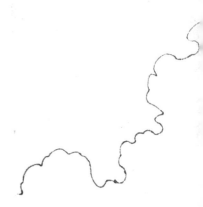

何琼佩之偃蹇兮，
众薆（ài）然而蔽之。
惟此党人之不谅兮，
恐嫉妒而折之。

那玉石的环佩，高贵而又雍容，
人们却丢弃它，在茫茫荒草中。
那群人，怎么想都是毫无信用，
嫉妒毁灭之心，怕是难以融通。

时缤纷其变易兮，
又何可以淹留？
兰芷变而不芳兮，
荃蕙化而为茅。

时节在无休无止的变化里存在，
我又怎能无知无觉，留驻等待。
幽兰和白芷都变了，不再芳香，
荃蕙丛生的乐土已被茅草侵害。

何昔日之芳草兮，
今直为此萧艾也？
岂其有他故兮，
莫好修之害也。

往日的芳草啊，告诉我为什么，
到今日，你们混同于荒蒿野艾？
这般变化，能有什么别的缘由？
这样的毁灭只能因为不知自爱。

余以兰为可恃兮，
羌无实而容长。
委厥美以从俗兮，
苟得列乎众芳。

───────────────────

在往昔，我曾以为兰草是可靠的，
哦，它只是内在空虚，容貌丰长。
抛弃自己的美质，追随世俗走向，
这等动摇的品性，岂能位列群芳？

椒专佞以慢慆（tāo）兮，
樧（shā）又欲充夫佩帏。
既干进而务入兮，
又何芳之能祗？

椒谄媚又傲慢，全因倚仗芳香，
茱萸形的臭草，也想填进香囊。
它们钻营竞竞，扮成香草模样，
谁以芳质信实，获得人们景仰。

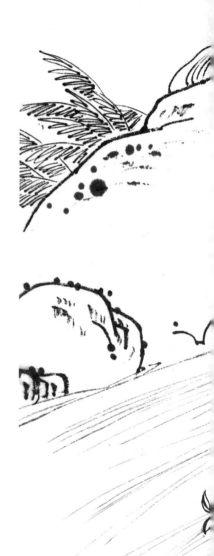

固时俗之流从兮，
又孰能无变化？
览椒兰其若兹兮，
又况揭车与江离？

俗世万物，自古至今随波逐流，
谁能躲过有变为无，无化为有？
看这芳椒幽兰，秉性都已更改，
何况揭车江离，又能抵抗多久？

惟兹佩之可贵兮，
委厥美而历兹。
芳菲菲而难亏兮，
芬至今犹未沫。

这仅剩的琼佩，只有你确乎可贵，
历尽艰难，却不为利益交出真美。
那芬芳里有勃然生机，弥漫不减，
直到如今，馨香依旧，毫不衰微。

和调度以自娱兮，
聊浮游而求女。
及余饰之方壮兮，
周流观乎上下。

我试着宽慰自己，学习平心静气，
暂且慢慢漂游，等待理想的相遇。
趁衣物未成败絮，环佩依旧芬芳，
我要远游、眺望，走遍无穷寰宇。

灵氛既告余以吉占兮，
历吉日乎吾将行。
折琼枝以为羞兮，
精琼靡以为粻（zhāng）。

灵氛为我占卜，告诉我何时启程，
吉时已定，从此，我将一意远行。
折取白玉树枝，那是客子的珍馐，
服食琼莹碎屑，形神便永不变更。

为余驾飞龙兮，
杂瑶象以为车。
何离心之可同兮？
吾将远逝以自疏。

迅疾如同飞龙的骏马为我驾驶，
琼瑶和象牙装饰的是我的车骑。
我们中心相异，何必勉强同流，
我将放逐自己，远去离群索居。

邅（zhān）吾道夫昆仑兮，
路修远以周流。
扬云霓之晻蔼（yǎn ǎi）兮，
鸣玉鸾之啾啾。

回头吧，上路，朝着昆仑方向，
蜿蜒在茫茫天地，路又远又长。
云霓涌起遮天，日光昏昏暗暗，
车盖摇动不安，鸾铃叮叮当当。

朝发轫于天津兮，
夕余至乎西极。
凤皇翼其承旗兮，
高翱翔之翼翼。

清晨，我是银汉边启程的渡河人，
夕阳西下，却已穷途在世界最西。
凤凰簇拥而来，翅膀遮盖了龙旗，
它们在云天里高翔，充满了威仪。

忽吾行此流沙兮，
遵赤水而容与。
麾（huī）蛟龙使梁津兮，
诏西皇使涉予。

忽行在八百里流沙的极西之地，
沿着赤水河畔，我徘徊又犹豫。
我说蛟龙啊，你来做我的桥梁，
传令西天神祇，送我河对岸去。

路修远以多艰兮，
腾众车使径待。
路不周以左转兮，
指西海以为期。

———————————

这路程是那么遥远，又那么崎岖，
在路边歇下吧，那些跟随的车骑。
积雪不周山，左侧是唯一的天路，
我指向西海，不到达就绝无归期。

屯余车其千乘兮，

齐玉轪（dài）而并驰。

驾八龙之婉婉兮，

载云旗之委蛇（wēi yí）。

我身后，千乘万骑从四方聚集，

美玉制成车轮，皆又并驾齐驱。

驾驶八匹龙马，行进如水婉曲，

云彩做成旗帜，在迅风中逶迤。

抑志而弭节兮，
神高驰之邈邈。
奏《九歌》而舞《韶》兮，
聊假日以婾乐。

让我按奈急切的心，慢慢前行，
让我在疾速中保有清醒的精神。
奏起启的九歌，舞起舜的韶乐，
让我用这欢乐告慰流逝的良辰。

陟（zhì）升皇之赫戏兮，
忽临睨夫旧乡。
仆夫悲余马怀兮，
蜷局顾而不行。

无比近了，日之初生的辉煌光芒，
而眼角却忽然瞥见了尘世的旧乡。
我的仆人悲吟，我的马踉踉跄跄，
缩紧身体，寸步难行，只堪回望。

乱曰：已矣哉！
国无人莫我知兮，
又何怀乎故都！
既莫足与为美政兮，
吾将从彭咸之所居！

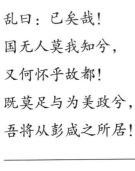

尾声：都结束了！
在我的国度，我终将无人了解，
我的心中，又何必永牵系着故国。
既然美善的政治只能是孤独的理想，
我将去追随彭咸。他栖身的水底，
才是我命定的住所！

后 记

　　如果要选出一组所有人都知道，但很少有人真正喜欢的文本，《离骚》一定位列其中。《离骚》的重要性自不待言，所有对中国古典文学略知一二的人，都会知道"诗骚传统"这个词，意喻着《诗经》和《离骚》是中国文学的两大源头。人们在阅读远比《离骚》通俗易懂的《史记》时，也会用"史家之绝唱，无韵之离骚"来称赞，虽然这么说时，耳中难免传来大脑卡壳的"咔嚓"一声，这意味着在茫茫脑海中寻找《离骚》完整印象的搜索引擎熄火了。大多数时候，人们只能泛泛而谈，说《离骚》是伟大爱国者的诗歌，是文学想象力的代表。可是，似乎很少有人愿意去真正涉足那个想象的世界。他们宁愿在天堂的门前驻足观看，称赞它的伟岸、感喟世间的无奇，但转过身去就忘掉了一窥之下的惊喜。

　　这大概是大部分经典的命运。就像西方人知道"俄狄浦斯情结"而不需要阅读《俄狄浦斯王》，中国人每年吃掉的粽子，比《离骚》在历史上印行的总和还要多。作品一旦被经典化，就好像戴上了沉重的镣铐，文学的精灵不能再自由地撩拨读者的灵魂。有时我想，如果《离骚》的第一批读者就知道那些美人香草、忠君爱国的隐喻，他们是否还能把龙舟喧闹、粽子喷香的端午节归置在屈原名下。

　　说《离骚》全文都是忠君爱国的隐喻，这种观点出自东汉王逸《楚辞章句》，流播天下。东汉被称为是"风化最美、儒学最盛"的时代，《楚辞章句》也不免延续儒家"比兴寄托"的说诗方法和"温柔敦厚"的美学理想，认为："《离骚》之文，依《诗》取兴，引类譬谕。故善鸟香草，以配忠贞；恶禽臭物，以比谗佞；灵修美人，以媲于君；宓妃佚女，以譬贤臣；虬龙鸾凤，以托君子；飘风云霓，以为小人。其词温而雅，其义皎而朗。凡百君子，莫不慕其清高，嘉其文采，哀其不遇，而愍其志焉。"（《楚辞章句》）此言一出，即成为不刊之论，至南宋朱熹更进一步强化以儒家观点阐释《离骚》。何况南宋一朝偏安东南，文人士夫每有故国黍离之悲，所以说诗之时，对于去国之痛、君臣之义又特多指称。朱熹甚至认为，既然在北方中原，人们以《诗经》作为讽谏的工具，"关关雎鸠，在河之洲"的田间咏叹都可以作为"咏后妃之德"的隐喻，那么在南方楚国，《离骚》里那些娱鬼迎神、男女怨艾之语，当然也用来教化弃妇逐臣，使之"交有所发，而增夫三纲五典之重"（《楚辞集注》）。

虽然历史上对于《离骚》系统性阐释的主流是王逸《楚辞章句》、洪兴祖《楚辞补注》、朱熹《楚辞章句》这一"以儒诠骚"的路数，但在诗人骚客的心中，《离骚》之所以迷人，绝不仅仅因为陈述了忠君爱国的思想。早夭的诗人李贺被杜牧称为"《骚》之苗裔"，意思是"《离骚》的真正传人"。杜牧并非不知《离骚》的阐释传统，但是他使用了一段极富感官体验的玄虚之语来解释"《骚》之苗裔"所真正应该具有的特质。他说："云烟绵联，不足为其态也；水之迢迢，不足为其情也；春之盎盎，不足为其和也；秋之明洁，不足为其格也；风樯阵马，不足为其勇也；瓦棺篆鼎，不足为其古也；时花美女，不足为其色也；荒国陊殿，梗莽丘垄，不足为其恨怨悲愁也；鲸呿鳌掷，牛鬼蛇神，不足为其虚荒诞幻也。"（杜牧《李贺诗序》）当我们通过这段话反观《离骚》时，就会发现在"以儒诠骚"过程中流失掉的东西，那就是激烈的情感、绚丽的设色和奇诡的想象力。后世如李贺这样的诗人，也许能够在对《离骚》的学习中得其一技，但再也没有人能将色彩与想象完全统一在激烈、赤诚、持久的情感之下，再造出这般庄严伟大的作品。

我虽熟知"君臣理乱之比、美人香草之托"，但阅读《楚辞》，我一直不能有发自内心的感动。直到"云门舞集"使我能欣赏《九歌》，梁宗岱使我能欣赏《橘颂》。云门舞集展示给我楚国河泽之间，劬劳的居民对于巫鬼救赎的热烈崇拜。梁宗岱的论文留给我最深的印象，是天地宇宙中心，一棵光明圆洁、绿叶素荣的橘树，但他所说的"一种要把这世界从万劫中救回来的浩荡的意志，或一种对于那可以坚定和提高我们和这溷浊的尘世底关系，抚慰或激励我们在里面生活的真理的启示"（梁宗岱《屈原》），要等我看到陈世骧的论文《诗的时间之诞生——〈离骚〉欣赏与分析》才能够真正体会。

　　当诗人驾驶云霓，终于来到天堂的入口，已经无比接近理想中至善至美的神祇，他呼喝帝阍开门，但那天国的粗汉子懒洋洋地斜靠门上，将他上下打量。时间流逝，日色已经苍白。黄昏就要降临的压迫感如鬼魅随行。——这是陈世骧带给我的《离骚》印象。他说："一旦赶到接近了目标，无论如何可以驻足逗留时，那时光之流就忽忽地逝去。他所追逐的目标永远达不到""但接近它时，你若停下脚步，你就会被抛弃，被抛弃在不毛之地，目标就必定远远地退走。你就会在怅然若失的心情下更加深切地感到：龌龊的常境之中，存在令人难以忍受的丑恶"（陈世骧《诗的时间之诞生》）。陈世骧把《离骚》读成了对人类存在境遇的矛盾表达，读成了一曲时间之歌，因此他把阐释的重音放在那些追寻和落空的重复上，而并不十分关心屈原所追寻的对象背后的实指。

托尔金的《魔戒》中，有一个神创始天地时留下的族类：精灵。精灵永远不会死，只会随着时光越来越衰颓，于是他们羡慕人类可以热烈地生、热烈地死。而《离骚》中那位上下求索的诗人，正是充分地使用了这有限的人类时间，在奔突求索之间，昭显了足以使永生者艳羡的生命热情。必须不舍昼夜地疾驰，才能不与恶禽臭物一同腐化。这大概近似于梁宗岱所说的"一种要把这世界从万劫中救回来的浩荡的意志"，但我更愿意理解为"一种要把自我从万劫中救回来的浩荡的意志"，一种在绝望局促之境，对于人类尊严的重新确立。从这个意义来说，《离骚》可以看作人文主义的样本。

我是在这一理解的基础上接下翻译《离骚》的工作的。翻译原则有两条：一是在具体字词名物的理解上，以《楚辞章句》和《楚辞集注》为基础，参照后人的笺注及订正；二是在作品主题上，不依从王逸和朱熹"美人香草之托"的解法。因为我觉得把意象归类后——视为政治隐喻，是对《离骚》的狭窄化，它或许具有教化的意义，但对丰富的文学性和宏大的宇宙观都有损害。

这个译本呈现的是一个充满矛盾的世界，其中多有不可解之处。失去了比兴寄托的帮助，上天入地的行程和对神女巫妪的眷恋就会显得荒诞不经。但对于一部完成于文明创始时期的作品而言，正是这些虚荒诞幻之处保留了未被后世文明驯化的力量。康德在《论优美感与崇高感》中说："一场狂风暴雨的描写或者是弥尔敦对地狱国土的叙述，都激发人们的欢愉，但又充满着畏惧。"畏惧和惊惶本身是崇高之美的基石。剥去"以儒诠骚"的保护，让疲顿的诗人直面宇宙的喜怒无常，把应有的崇高之美还给《离骚》。

另外要说明的是，这本书的策划李浩先生原先与我商定的方式是翻译加注释。但因为非专业读者一般没有阅读注释的习惯，而且正文与注释之间的切换阅读也会打断情绪之流，所以我做了折中。我将理解文意时必不可少的注释性内容直接补充翻译进了诗句。比如"名余曰正则兮，字余曰灵均。"《楚辞章句》说："正，平也；则，法也。灵，神也。均，调也。言正平可法则者，莫过于天。养物均调者，莫神于地。高平曰原，故父伯庸名我为平以法天；字我为原以法地。言上能安君，下能养民也"。这段注释较为冗长，因此我直接翻译成了"名我为平，寓意苍天正平可法，字我为原，效法大地养物均匀。"虽不能完全涵盖注释，但力求用最简练的语言补充《离骚》背景知识，

而没有在诗句中直接呈现的内容，同时保留诗体的韵律。希望
这样的译法能带来较为顺畅的阅读体验，以使读者不再在经典
的门前望而却步。

黄晓丹

2018年端午